Збочені Сестри

Збочені Сестри

Aldivan Torres

aldivan teixeira torres

CONTENTS

Збочені Сестри

Aldivan Torres

Збочені Сестри

Алдіван Торрес, «Провидець», літературний художник. Обіцяє своїми творами радувати публіку і приводити його до принади задоволення. Секс - одна з найкращих речей, які існують.

Відданість і подяка

Я присвячую цей еротичний серіал всім любителям сексу і збоченцям, таким як я. Я сподіваюся виправдати очікування всіх божевільних умів. Я починаю цю роботу тут з переконання, що Амелінья, Белінья та їхні друзі увійдуть в історію. Без зайвих слів, теплі обійми моїм читачам.

Вміле читання і маса задоволення.

З розчуленням,
автор.

Презентація

Амелінья і Белінья - дві сестри, які народилися і виросли в інтер'єрі Пернамбуку. Дочки батьків-землеробів рано знали, як з посмішкою на обличчі зустрічати люті труднощі сільського життя. Цим вони досягали своїх особистих завоювань. Перший - аудитор державних фінансів, а інший, менш розумний, - муніципальний вчитель базової освіти в Арковерде.

Хоча вони щасливі професійна, у них є серйозна хронічна проблема щодо стосунків, тому що так і не знайшли свого принца чарівним, що є мрією кожної жінки. Старша, Белінья, приїхала жити до чоловіка на деякий час. Однак вона була зраджена тим, що породило в її маленькому серці непоправні травми. Вона була змушена розлучитися і пообіцяла собі більше ніколи не страждати через чоловіка. Амелінья, на жаль, вона навіть не може нас заручити. Хто хоче одружитися з Амелінья? Вона нахабна шатенка, худа, середнього зросту, очі медового кольору, середня попа, груди, як кавун, груди, визначені за межами чарівної посмішки. Ніхто не знає, в чому її справжня проблема, або і те, і інше.

По відношенню до своїх міжособистісних відносин вони близькі до того, щоб ділитися секретами між ними. Оскільки Белінья була зраджена негідником, Амелінья взяла на себе болі своєї сестри і вирушила грати з чоловіками. Вони стали динамічним дуетом, відомим як «Збочені сестри». Незважаючи на це, чоловіки люблять бути їх іграшками. Це тому, що немає нічого кращого, ніж хоча б на мить полюбити Белінья та Амелінья. Чи познайомимося ми з їхніми історіями разом?

Збочені Сестри

Збочені Сестри

Відданість і подяка

Презентація

Чорна людина

Пожежа

Консультація лікаря

Приватний урок

Конкурсний тест

повернення вчителя

Маніакальний клоун

Екскурсія в місто Пескейра

Чорна людина

Амелінья та Белінья, а також чудові професіонали та коханці, красиві та багаті жінки, інтегровані в соціальні мережі. Крім самого сексу, вони також прагнуть подружитися.

Одного разу у віртуальний чат увійшов чоловік. Його прізвисько було «Чорна людина». У цей момент вона незабаром затремтіла, тому що любила чорношкірих чоловіків. Легенда свідчить, що вони володіють безперечним шармом.

"Привіт, красуня! «Ти покликав блаженного чорного.

"Привіт, гаразд? — відповіла інтригуючи Белінья.

"Все чудово. Спокійної ночі!

"На добраніч. Я люблю чорних людей!

«Тепер це мене глибоко зворушило! Але чи є для цього особлива причина? Як тебе звати?

"Ну, причина в тому, що ми з сестрою любимо чоловіків, якщо ви знаєте, що я маю на увазі. Що стосується назви, хоч це і дуже приватне середовище, мені нема чого приховувати. Мене звуть Белінья. Радий знайомству.

"Задоволення - це все моє. Мене звуть Флавій, і я справді милий!

"Я відчував твердість у його словах. Ви маєте на увазі, що моя інтуїція права?

"Я не можу відповісти на це зараз, тому що це поклало б край усій таємниці. Як звати вашу сестру?

«Її звуть Амелінья.

"Амелінья! Красиве ім'я! Чи можете ви описати себе фізично?

«Я блондинка, висока, сильна, довге волосся, велика попа, середні груди, і у мене скульптурне тіло. А ви?

«Чорне забарвлення, висотою один метр і вісімдесят сантиметрів, міцний, плямистий, руки і ноги товсті, акуратне, обпалене волосся і окреслені обличчя.

"Ой! Ой! Ти мене вмикаєш!

"Не турбуйтеся про це. Хто мене знає, ніколи не забуває?

"Ти хочеш звести мене з розуму зараз?

"Вибач за це, дитинко! Це просто для того, щоб додати трохи шарму нашій розмові.

"Скільки тобі років?

"Двадцять п'ять років і ваші?

«Мені тридцять вісім років, а сестрі тридцять чотири. Незважаючи на різницю у віці, ми напрочуд близькі. У дитинстві ми об'єднувалися, щоб долати труднощі. Коли ми були підлітками, ми ділилися своїми мріями. І зараз, в зрілому віці, ми ділимося своїми досягненнями і розчаруваннями. Я не можу жити без неї.

"Чудово! Це ваше почуття неймовірно прекрасне. У мене з'являється бажання зустрітися з вами обома. Вона така ж неслухняна, як ти?

«Ефективно вона найкраща в тому, що робить. Дуже розумний, красивий і ввічливий. Моя перевага в тому, що я розумніший.

«Але я не бачу в цьому проблеми. Мені подобається і те, і інше.

"Вам це дуже подобається? Знаєте, Амелінья - особлива жінка. Не тому, що вона моя сестра, а тому, що у неї гігантське серце. Мені її трохи шкода, тому що у неї так і не з'явився наречений. Я знаю, що її мрія - вийти заміж. Вона приєдналася до мене у повстанні, тому що мене зрадив мій супутник. З тих пір ми прагнемо тільки швидких відносин.

"Я повністю розумію. Я теж збоченець. Однак особливих причин у мене немає. Я просто хочу насолоджуватися своєю молодістю. Ви здаєтеся чудовими людьми.

"Дуже дякую. Ви справді з Arcoverde?

"Так, я з центру міста. А ви?

"З району Святого Крістофера .

"Чудово. Ви живете одні?

- Так. Поруч автовокзал.

"Чи можна сьогодні відвідати чоловіка?

"Ми б дуже хотіли. Але ви повинні керувати обома. Добре?

"Не хвилюйся, любов. Я можу керувати до трьох.

"Ах, так! Справжній!

"Я буду прямо там. Можете пояснити місце розташування?

- Так. Це буде моє задоволення.

"Я знаю, де це. Я підходжу туди!

Чорний чоловік вийшов з кімнати, і Белінья теж. Вона скористалася цим і переїхала на кухню, де зустріла свою сестру. Амелінья мив брудний посуд на вечерю.

"На добраніч тобі, Амелінья. Ви не повірите. Вгадайте, хто прийде.

"Поняття не маю, сестро. Хто?

«Флавій. Я познайомився з ним у віртуальній кімнаті чату. Він буде нашою розвагою сьогодні.

"Як він виглядає?

"Це Чорна людина. Ви коли-небудь зупинялися і думали, що це може бути приємно? Бідняк не знає, на що ми здатні!

"Це справді сестра! Давайте його добиймо.

"Він впаде зі мною! – сказала Белінья.

- Ні! Це буде зі мною », - відповіла Амелінья.

"Одне можна сказати напевно: з одним із нас він впаде", - підсумував Белінья.

"Це правда! Як щодо того, щоб ми все підготували в спальні?

"Хороша ідея. Я вам допоможу!

Дві ненаситні ляльки пішли в кімнату, залишивши все організоване до приходу самця. Як тільки вони закінчують, вони чують дзвінок.

"Це він, сестро? — запитала Амелінья.

"Давайте перевіримо це разом! (Белінья)

"Ходімо! Амелінья погодився.

Крок за кроком дві жінки пройшли повз двері спальні, пройшли їдальню, а потім увійшли до вітальні. Вони підійшли до дверей. Відкривши його, вони стикаються з чарівною і мужньою посмішкою Флавія.

"На добраніч! Все гаразд? Я - Флавій.

"На добраніч. Ласкаво просимо. Я Белінья, яка розмовляла з тобою по комп'ютеру, і ця мила дівчина поруч зі мною - моя сестра.

"Приємно познайомитися, Флавій! — сказала Амелінья.

"Приємно познайомитися. Чи можу я увійти?

" Звичайно! "Дві жінки відповіли одночасно.

Жеребець мав доступ в приміщення, спостерігаючи за кожною деталлю декору. Що відбувалося в цьому киплячому розумі? Особливо його зворушив кожен з тих жіночих екземплярів. За мить він глибоко подивився в очі двом повіям, кажучи:

"Чи готові ви до того, що я прийшов зробити?

"Готовий", - стверджували закохані!

Тріо важко зупинилося і пройшло довгий шлях до більшої кімнати будинку. Закривши двері, вони були впевнені, що рай потрапить до пекла за лічені секунди. Все було ідеально: розташування рушників, секс-іграшки, порнофільм, що грає на стелі телевізора, і романтична музика, яскрава. Ніщо не могло позбавити задоволення від чудового вечора.

Насамперед необхідно сісти біля ліжка. Чорношкірий чоловік почав знімати одяг з двох жінок. Їх жага і жага сексу були настільки великі, що викликали невелике занепокоєння у тих милих дам. Він знімав сорочку, показуючи грудну клітку і живіт, добре відпрацьовані щоденними тренуваннями в тренажерному залі. Ваші середні волоски по всьому регіону викликали зітхання у дівчат. Після цього він зняв штани, дозволяючи вид на нижню білизну, отже, показуючи його об'єм і мужність. В цей час він дозволяв їм торкатися органу, роблячи його більш прямостоячим. Не маючи таємниць, він викинув нижню білизну, показуючи все, що Бог дав йому.

Він був двадцять два сантиметри завдовжки, чотирнадцять сантиметрів в діаметрі досить, щоб звести їх з розуму. Не гаючи часу, вони впали на нього. Почали з прелюдії. Поки один ковтав свій член в роті, інший лизав мішки мошонки. У цій операції минуло три хвилини. Досить довго, щоб бути повністю готовим до сексу.

Потім він почав проникнення в одне, а потім в інше без переваги. Частий темп човника викликав стогони, крики та численні оргазми після акту. Це було тридцять хвилин вагінального сексу. Кожен половину часу. Потім вони завершилися оральним і анальним сексом.

Пожежа

Це була холодна, темна і дощова ніч в столиці всіх глушин Пернамбуку. Бували моменти, коли зустрічні вітри досягали ста кілометрів на годину, лякаючи бідних сестер Амелінья і Белінья. Дві збочені сестри зустрілися у вітальні своєї простої резиденції в районі Святого Крістофера. Не маючи чим зайнятися, вони радісно говорили про загальні речі.

"Амелінья, як пройшов твій день в офісі ферми?

«Те ж саме: я організовував податкове планування податкової та митної адміністрації, керував сплатою податків, працював у сфері запобігання та боротьби з ухиленням від сплати податків. Це вимоглива робота і нудно. Але винагороджує і добре оплачується. А ви? Яким був ваш розпорядок дня в школі? — запитала Амелінья.

"На році я передав зміст, який направляв учнів найкращим чином. Я виправив помилки і взяв два мобільних телефони учнів, які заважали класу. Також давала заняття з поведінки, постави, динаміки, корисні поради. У всякому разі, крім того, що я вчителька, я їхня мати. Доказом цього є те, що в антракті я проник у клас учнів і разом з ними ми грали в бий і біжи. На мій погляд, школа - це наш другий дім, і ми повинні піклуватися про дружбу та людські зв'язки, які ми маємо від неї", - відповіла Белінья.

"Геніальна, моя молодша сестричка. Наші роботи чудові, тому що вони забезпечують важливі емоційні конструкції та конструкції взаємодії між людьми. Жодна людина не може жити ізольовано, не кажучи вже про психологічні та фінансові ресурси», – проаналізувала Амелінья.

"Я згоден. Робота важлива для нас, оскільки вона робить нас незалежними від панівної пов'язані з сексом імперії в нашому суспільстві », - сказала Белінья.

" Саме так. Ми будемо продовжувати в наших цінностях і ставленні. Людині добре тільки в ліжку", - зауважила Амелінья.

"Говорячи про людей, що ви думали про християнина? — запитала Белінья.

"Він виправдав мої очікування. Після такого досвіду мої інстинкти і мій розум завжди просять більше генерувати внутрішнє невдоволення. Яка ваша думка? — запитала Амелінья.

"Це було добре, але я також відчуваю себе таким, як ви: неповним. Я суха від любові і сексу. Хочеться все частіше. Що ми маємо на сьогодні? – сказала Белінья.

"У мене немає ідей. Ніч холодна, темна і темна. Ви чуєте шум зовні? Тут багато дощу, сильних вітрів, блискавок і грому. Мені страшно! — сказала Амелінья.

"Я теж! – зізналася Белінья.

У цей момент по всьому Арковерде чути громовержець. Амелінья стрибає на колінах у Белінья, яка кричить від болю та відчаю. У той же час електроенергії не вистачає, що робить їх обох зневіреними.

"Що тепер? Що ми будемо робити Белінья? — запитала Амелінья.

"Злізь від мене, стерво! Я отримаю свічки! "Сказала Белінья. Белінья обережно штовхнула сестру вбік дивана, коли та намацувала стіни, щоб дістатися до кухні. Оскільки будинок невеликий, виконання цієї операції не займе багато часу. Використовуючи такт, він бере свічки в шафу і запалює їх сірниками, стратегічно розміщеними зверху плити.

При запаленні свічки вона спокійно повертається в кімнату, де зустрічає сестру з таємничою посмішкою на обличчі. Що вона задумала?

"Ти можеш вентилювати, сестро! Я знаю, що ти щось думаєш", - сказав Белінья.

«А що, якби ми зателефонували в міську пожежну службу з попередженням про пожежу? – сказав Амелінья.

"Дозвольте мені пояснити це. Ви хочете винайти вигаданий вогонь, щоб заманити цих чоловіків? А якщо нас заарештують? "Белінья злякалася.

"Мій колего! Я впевнений, що їм сподобається сюрприз. Що краще вони повинні зробити в таку темну і похмуру ніч? — сказала Амелінья.

"Ви маєте рацію. Вони віддячать вам за веселощі. Ми розіб'ємо вогонь, який поглинає нас зсередини. Тепер виникає питання: хто матиме сміливість їх назвати? — запитала Белінья.

"Я дуже сором'язлива. Я залишаю це завдання тобі, моя сестро", - сказала Амелінья.

"Завжди я. Добре. Що б не сталося, Амелінья.», - підсумував Белінья.

Вставши з дивана, Белінья підходить до столу в кутку, де встановлений мобільний. Вона дзвонить на номер екстреної допомоги пожежної служби і чекає відповіді. Після кількох дотиків він чує глибокий, твердий голос, що говорить з іншого боку.

"На добраніч. Це пожежна частина. Що ти хочеш?

«Мене звуть Белінья. Я живу в районі Святого Крістофера тут, в Арковерде. Ми з сестрою у відчаї від усього цього дощу. Коли електрику відключили тут, в нашому будинку, сталося коротке замикання, почавши підпалювати предмети. На щастя, ми з сестрою вийшли на вулицю. Вогонь повільно поглинає будинок. Нам потрібна допомога пожежників", - розповіла засмучена дівчина.

"Заспокойся, друже. Ми скоро будемо там. Чи

можете ви надати детальну інформацію про своє місцезнаходження? "- запитав черговий пожежник.

«Мій будинок точно на Центральному проспекті, третій будинок праворуч. Це нормально з вами?

"Я знаю, де це. Ми будемо там через кілька хвилин. Будьте спокійні", - сказав пожежник.

"Чекаємо. Дякую! "Дякую, Белінья.

Повернувшись на диван з широкою усмішкою, вони вдвох відпустили подушки і фиркнули від веселощів, які робили. Однак цього не рекомендується робити, якщо вони не були двома повіями, схожими на них.

Приблизно через десять хвилин вони почули стукіт у двері і пішли відповідати на нього. Коли вони відкрили двері, то зіткнулися з трьома чарівними обличчями, кожне з яких мало свою характерну красу. Один був чорний, шість футів заввишки, ноги і руки середні. Інший був темний, метр і дев'яносто заввишки, мускулистий і скульптурний. Третина була біла, низька, худа, але дуже любила. Білий хлопчик хоче представитися:

"Привіт, пані, на добраніч! Мене звуть Роберто. Цього чоловіка по сусідству звуть Метью, а коричневого чоловіка Філіпа. Як вас звуть і де пожежа?

"Я Белінья, я говорив з вами по телефону. Ця шатенка тут моя сестра Амелінья. Заходьте, і я вам це поясню.

"Гаразд. Вони прийняли трьох пожежників одночасно.

Квінтет увійшов в будинок, і все здавалося нормальним, тому що електрика повернулася. Вони облаштовуються на дивані у вітальні разом з дівчатами. Підозріло вони ведуть розмову.

"Пожежа закінчилася, чи не так? — запитав Матвій.

" Так. Ми вже контролюємо це завдяки героїчним зусиллям", - пояснив Амелінья.

"Шкода! Я хотів працювати. Там, в казармах, рутина така одноманітна », - сказала Феліпе.

«У мене є ідея. Як щодо того, щоб працювати приємніше? — запропонувала Белінья.

"Ви маєте на увазі, що ви те, що я думаю? — запитав Феліпе.

« Так. Ми самотні жінки, які люблять задоволення. У настрої для веселощів? — запитала Белінья.

«Тільки якщо підеш зараз, - відповів чорношкірий чоловік.

« Я теж, — підтвердив Коричневий чоловік.

"Жд мене" Білий хлопчик доступний.

«Отже, давайте, - сказали дівчата.

Квінтет увійшов до кімнати з двоспальним ліжком. Потім почалася сексуальна оргія. Белінья та Амелінья по черзі відвідували задоволення трьох пожежників. Все здавалося чарівним і не було кращого відчуття, ніж бути з ними. З різноманітними подарунками вони відчували сексуальні та позиційні варіації, створюючи ідеальну картину.

Дівчата здавалися ненаситними у своєму сексуальному запалі, що зводило з розуму цих професіоналів. Вони йшли всю ніч, займаючись сексом, і, здавалося, задоволення ніколи не закінчувалося. Вони не виїжджали, поки не отримали терміновий дзвінок з роботи. Вони звільнилися і пішли відповідати на заяву в поліцію. Незважаючи на це, вони ніколи не забудують той чудовий досвід разом із "Збоченими сестрами".

Консультація лікаря

Вона осяяла прекрасну столицю глибинки. Зазвичай дві збочені сестри прокидалися рано. Однак, вставши, вони погано себе почували. Поки Амелінья продовжувала чхати, її сестра Белінья відчула себе трохи задушеною. Ці факти прийшли з попередньої ночі на Вірджинії-Вар-сквер, де вони пили, цілувалися в уста і гармонійно фиркали в безтурботну ніч.

Оскільки вони погано себе почували і ні на що не мали сил, вони сиділи на дивані і релігійно думали, що робити, тому що професійні зобов'язання чекали свого вирішення.

"Що ми робимо, сестро? Я повністю задихаюся і виснажений", - сказав Белінья.

"Розкажи мені про це! У мене болить голова, і я починаю отримувати вірус. Ми заблукали! — сказала Амелінья.

"Але я не думаю, що це привід пропускати роботу! Люди залежать від нас! "Сказав Белінья

"Заспокойтеся, давайте не панікувати! Як щодо того, щоб ми приєдналися до приємного? — запропонував Амелінья.

"Не кажи мені, що ти думаєш про те, що я думаю... "Белінья була вражена.

"Це правильно. Ходімо разом до лікаря! Це буде відмінний привід пропустити роботу і хто знає, не вийде те, чого ми хочемо! "- сказав Амелінья

"Чудова ідея! Отже, чого ми чекаємо? Давайте готуватися! — запитала Белінья.

"Ходімо! "Амелінья погодився.

Вони пішли до відповідних корпусів. Вони були дуже схвильовані цим рішенням; Вони навіть не виглядали хворими. Чи все це було лише їхнім винаходом? Вибачте мене, читачу, давайте не будемо погано думати про наших дорогих друзів. Замість цього ми будемо супроводжувати їх у цій захоплюючій новій главі їхнього життя.

У спальні вони купалися в своїх люках, надягали новий одяг і взуття, розчісували довге волосся, надягали французькі парфуми, а потім відправлялися на кухню. Там вони розбили яйця і сир, начинивши дві буханки хліба, і їли охолодженим соком. Все було неймовірно смачно. Незважаючи на це, вони, здається, не відчували цього, тому що тривога і нервозність перед прийомом у лікаря були гігантськими.

Маючи все готово, вони вийшли з кухні, щоб вийти з дому. З кожним кроком, який вони робили, їхні маленькі серця пульсували від емоцій, думаючи про абсолютно новий досвід. Благословенні вони всі! Оптимізм опанував ними і був чимось, за чим слід слідувати іншим!

Із зовнішнього боку будинку вони виходять в гараж. Відкривши двері з двох спроб, вони стають перед скромним червоним автомобілем. Незважаючи на їх хороший смак в автомобілях, вони віддавали перевагу популярним класичним, побоюючись поширеного насильства, присутнього у всіх бразильських регіонах.

Не зволікаючи, дівчата заходять в машину, обережно

даючи вихід, а потім одна з них закриває гараж, відразу ж повертаючись до машини. Хто керує Амелінья зі стажем вже десять років? Белінья поки не дозволяють керувати автомобілем.

Помітно короткий шлях між їхнім будинком та лікарнею прокладено з безпекою, гармонією та спокоєм. У той момент у них виникла помилкове відчуття, що вони можуть все. Навпаки, вони боялися його хитрості і свободи. Самі вони були здивовані зробленими діями. Ні за що не менше їх називали розпусними добрими мерзотниками!

Прибувши до лікарні, вони призначили зустріч і чекали, коли їх ви кличуть. У цей часовий проміжок вони скористалися перекусом і обмінялися повідомленнями через мобільний додаток зі своїми дорогими сексуальними слугами. Більш цинічним і веселим, ніж ці, неможливо було бути!

Через деякий час настала їхня черга бути поміченими. Нерозлучні, вони потрапляють в кабінет догляду. Коли це відбувається, у лікаря мало не трапляється серцевий напад. Перед ними був рідкісний шматочок людини: високий білявий чоловік, зростом один метр і дев'яносто сантиметрів, бородатий, волосся, що утворює хвіст, м'язисті руки і груди, природні обличчя з ангельським поглядом. Ще до того, як вони змогли підготувати реакцію, він запрошує:

"Сідайте, ви обидва!

"Дякую! "Вони сказали і те, і інше.

У двох є час, щоб зробити швидкий аналіз

навколишнього середовища: перед столом обслуговування, лікарем, кріслом, в якому він сидів, і за шафою. З правого боку ліжко. На стіні експресіоністичні картини автора Кандідо Портінарі, що зображують чоловіка з сільської місцевості. Атмосфера дуже затишна, залишаючи дівчат невимушеними. Атмосферу релаксації порушує формальний аспект консультації.

"Скажи мені, що ти відчуваєш, дівчата!

Для дівчат це звучало неформально. Яким милим був той білявий чоловік! Мабуть, було смачно їсти.

"Головний біль, нездужання і вірус! — сказав Амелінья.

"Я затамував подих і втомився! – стверджувала Белінья.

"Нічого страшного! Дозвольте мені подивитися! Ляжте на ліжко! — запитав Доктор.

Повії ледве дихали на це прохання. Професіонал змусив їх зняти частину одягу і обмацав його в різних частинах, що викликало озноб і холодний піт. Зрозумівши, що нічого серйозного з ними немає, черговий пожартував:

«Все виглядає ідеально! Чого ви хочете, щоб вони боялися? Укол в попу?

"Мені це подобається! Якщо це буде велика і товста ін'єкція ще краще! – сказала Белінья.

"Ти будеш подавати повільно, любов? — сказала Амелінья.

"Ви вже занадто багато просите! », – зазначив клініцист.

Обережно закривши двері, він падає на дівчат, як дика тварина. Спочатку він знімає з тіл залишки одягу. Це ще більше загострює його лібідо. Будучи повністю голим, він на мить милується тими скульптурними істотами. Тоді настала його черга похвалитися. Він стежить за тим, щоб вони зняли одяг. Це збільшує взаємодію та близькість між групою.

З усім готовим вони починають підготовчі заняття сексом. Використовуючи мову в чутливих частинах, таких як анус, попа і вухо, блондинка викликає міні-задоволення оргазмів у обох жінок. Все йшло добре, навіть коли хтось постійно стукав у двері. Виходу немає, він повинен відповісти. Він трохи підходить і відкриває двері. При цьому він натрапляє на медсестру за викликом: струнку двора сову людину, з тонкими ногами і виключно низькими.

«Лікарю, у мене питання про ліки пацієнта: це п'ятсот або триста міліграмів аспірин? »— запитав Роберто, показуючи рецепт.

"П'ятсот! »- підтвердив Олексій.

У цей момент медсестра побачила ноги оголених дівчат, які намагалися сховатися. Сміялися всередині.

"Трохи жартуєш, га, Док? Навіть друзів не дзвоніть!

"Вибачте! Хочеш приєднатися до банди?

"Я б із задоволенням!

"Тоді приходьте!

Вони увійшли до кімнати, зачинивши за собою двері. Більш ніж швидко двора сова людина зняв одяг. Голий, він показав свою довгу, товсту, пилкову щоглу як трофей. Белінья була в захваті і незабаром почала займатися сексом. Алекс також зажадав, щоб Амелінья зробила те ж саме з ним. Після перорального вони починали анальний. У цій частині Белінья було надзвичайно важко утримати член-монстр медсестрі. Але як тільки він увійшов в яму, їх задоволення було величезним. З іншого боку, вони не відчували ніяких труднощів, тому що їх пеніс був нормальним.

Потім вони займалися вагінальним сексом в різних позах. Рух вперед-назад в порожнині викликало в них галюцинації. Після цього етапу четверо об'єдналися в груповий секс. Це був найкращий досвід, на який були витрачені сили, що залишилися. Через п'ятнадцять хвилин вони обидва були розпродані. Для сестер секс ніколи не закінчиться, але добре, оскільки вони поважали слабкість цих чоловіків. Аби не допустити заважати своїй роботі, вони кинули брати довідку про обґрунтованість роботи і особистий телефон. Вони виїхали повністю складеними, не викликаючи нічиєї уваги під час переходу через лікарню.

Приїхавши на стоянку, вони сіли в машину і почали зворотний шлях. Щасливі, якими б вони не були, вони вже думали про свої наступні сексуальні пустощі. Збочені сестри були дійсно чимось!

Приватний урок

Це був день, як і будь-який інший. Новачки з роботи, збочені сестри були зайняті домашніми справами. Закінчивши всі завдання, вони зібралися в кімнаті, щоб трохи відпочити. Поки Амелінья читала книгу, Белінья використовувала мобільний інтернет для перегляду своїх улюблених веб-сайтів.

У якийсь момент друга голосно кричить в кімнаті, ніж лякає сестру.

" Що це, дівчино? Ти божевільний? — запитала Амелінья.

«Я щойно зайшов на веб-сайт конкурсів, маючи вдячний сюрприз», - повідомила Белінья.

"Розкажи мені більше!

«Реєстрація федерального регіонального суду відкрита. Давайте зробимо?

"Добрий дзвінок, сестро моя! Яка зарплата?

"Більше десяти тисяч початкових доларів.

"Дуже добре! Моя робота краща. Однак я зроблю конкурс, тому що готуюся шукати інші події. Він послужить експериментом.

"У вас дуже добре виходить! Ви підбадьорюєте мене. Тепер я не знаю, з чого почати. Чи можете ви дати мені поради?

«Купуйте віртуальний курс, задавайте багато питань на тестових сайтах, робіть і повторюйте попередні тести, пишіть резюме, дивіться поради та завантажуйте хороші матеріали в Інтернеті, серед іншого.

"Дякую! Я прислухаюся до всіх цих порад! Але мені потрібно щось більше. Послухай, сестро, раз у нас є гроші, як щодо того, щоб ми платили за приватний урок?

"Я не думав про це. Це інноваційна ідея! Чи є у вас пропозиції щодо компетентної людини?

«У мене тут дуже компетентний вчитель з Arcoverde в моїх телефонних контактах. Подивіться на його фотографію!

Белінья подарувала сестрі свій мобільний телефон. Побачивши фотографію хлопчика, вона була в захваті. Крім красеня, він був розумним! Це була б ідеальна жертва пари, що поєднує корисне з приємним.

"Чого ми чекаємо? Дістань його, сестро! Нам потрібно скоріше вчитися. — сказала Амелінья.

"Ти зрозумів! "Белінья прийняла.

Вставши з дивана, вона почала набирати номери телефону на цифровій клавіатурі. Після того, як дзвінок буде зроблений, відповідь займе лише кілька хвилин.

"Добрий день. Ви всі, правда?

"Це все чудово, Ренато.

"Розсилайте замовлення.

«Я сидів в інтернеті, коли виявив, що заявки на конкурс федерального регіонального суду відкриті. Я відразу назвав свій розум як поважний учитель. Пам'ятаєте шкільний сезон?

«Я добре пам'ятаю той час. Гарні часи тим, хто не повертається!

" Саме так! У вас є час, щоб дати нам приватний урок?

" Яка розмова, панночко! Для тебе у мене завжди є час! Яку дату ми встановлюємо?

"Чи можемо ми зробити це завтра о 2:00? Нам потрібно почати!

"Звичайно, так! З моєю допомогою я смиренно кажу, що шанси на проходження неймовірно зростають.

"Я в цьому впевнений!

"Як добре! Ви можете очікувати мене о 2:00.

"Дуже дякую! Побачимося завтра!

"Побачимося пізніше!

Белінья повісив слухавку і намалював посмішку для своєї супутниці. Запідозривши відповідь, Амелінья запитав:

"Як це пройшло?

"Він погодився. Завтра о 2:00 він буде тут.

"Як добре! Нерви вбивають мене!

" Заспокойся, сестро! Все буде добре.

"Амінь!

"Приготуємо вечерю? Я вже голодний!

"Добре запам'ятався.!

Пара пішла з вітальні на кухню, де в приємній обстановці спілкувалася, грала, готувала серед інших заходів. Це були зразкові фігури сестер, об'єднаних болем і самотністю. Той факт, що вони були мерзотниками в сексі, тільки ще більше кваліфікував їх. Як ви всі знаєте, у бразильської жінки тепла кров.

Незабаром після цього вони бралися за столом, думаючи про життя і його перипетії.

«З'ївши цей смачний курячий Строганов, я пам'ятаю чорношкірого людини і пожежників! Моменти, які, здається, ніколи не проходять! "Белінья сказала!

"Розкажи мені про це! Ці хлопці смачні! Не кажучи вже про медсестру і лікаря! Мені теж сподобалося! "Згадав Амелінья!

" Правда, сестро моя! Мати красиву щоглу будь-якому чоловікові стає приємно! Нехай мене пробачать феміністки!

"Нам не потрібно бути такими радикальними...!

Двоє сміються і продовжують їсти їжу на столі. На якусь мить ніщо інше не мало значення. Вони були самотні у світі, і це кваліфікувало їх як богинь краси та любові. Тому що найголовніше - відчувати себе добре і мати самооцінку.

Впевнені в собі, вони продовжують сімейний ритуал. В кінці цього етапу вони переглядають інтернет, слухають музику на стереосистемі вітальні, дивляться мильні опери, а пізніше і порнофільм. Цей поспіх змушує їх затамувати подих і втомлюватися, змушуючи їх йти відпочивати у відповідні кімнати. Вони з нетерпінням чекали наступного дня.

Пройде небагато часу, перш ніж вони впадуть в глибокий сон. Крім нічних кошмарів, ніч і світанок проходять в межах норми. Як тільки настає світанок, вони встають і починають слідувати звичайному розпорядку: ванна, сніданок, робота, повернення додому, ванна, обід, дрімота і перебираються в кімнату, де чекають запланованого візиту.

Коли вони чують стукіт у двері, Белінья встає і йде відповідати. При цьому він натрапляє на усміхненого вчителя. Це викликало у нього хороше внутрішнє задоволення.

"Ласкаво просимо назад, друже! Готові навчити нас?

"Так, дуже, дуже готовий! Ще раз дякую за цю можливість! - сказав Ренато.

"Ходімо! », - сказав Белінья.

Хлопчик недовго подумав і прийняв прохання дівчинки. Він привітався з Амелінья і за її сигналом сів на диван. Його першим ставленням було зняти чорну в'язану блузку, тому що було занадто жарко. З цим він залишив свій добре відпрацьований нагрудник у спортзалі, піт капав і його темношкіре світло. Всі ці деталі були природним афродизіак для цих двох «збоченців».

Зробивши вигляд, що нічого не відбувається, між ними трьома була розпочата розмова.

"Ви добре підготували клас, професоре? — запитала Амелінья.

" Так! Почнемо з якої статті? - запитав Ренато.

"Я не знаю... - сказала Амелінья.

"Як щодо того, щоб ми спочатку розважилися? Після того, як ти зняв сорочку, я промов! – зізналася Белінья.

" Я також, — сказала Амелінья.

"Ви двоє дійсно сексуальні маніяки! Хіба це не те, що я люблю? - сказав майстер.

Не чекаючи відповіді, він зняв свої сині джинси, демонструючи привідні м'язи стегна, сонцезахисні окуляри, що показують його блакитні очі і, нарешті, нижню білизну, що демонструє досконалість довгого пеніс, середньої товщини і з трикутною головою. Досить було маленьким повіям впасти зверху і почати насолоджуватися тим мужнім, веселим тілом. З його допомогою вони зняли одяг і почали попередні заняття сексом.

Коротше кажучи, це був чудовий сексуальний контакт, де вони пережили багато нового. Це було сорок хвилин дикого сексу в повній гармонії. У ці моменти емоції були настільки великі, що вони навіть не помічали часу і простору. Тому вони були нескінченними через Божу любов.

Дійшовши до екстазу, вони трохи відпочили на дивані. Потім вони вивчали дисципліни, заряджені змаганнями. Будучи студентами, вони були корисними, розумними та дисциплінованими, що було відзначено вчителем. Я впевнений, що вони були на шляху до затвердження.

Через три години вони кинули багатообіцяючі нові навчальні зустрічі. Щасливі в житті, збочені сестри вирушили займатися іншими своїми обов'язками, вже думаючи про свої наступні пригоди. Вони були відомі в місті як «Ненаситні».

Конкурсний тест

Минув деякий час. Близько двох місяців збочені сестри присвячували себе конкурсу відповідно до наявного часу. З кожним днем вони були більш підготовлені до всього, що приходило і йшло. У той же час були сексуальні контакти, і, в ці моменти, вони були звільнені.

День випробувань нарешті настав. Виїхавши рано зі столиці глибинки, дві сестри почали ходити по шосе BR 232 загальним маршрутом 250 км. По дорозі вони проїжджали повз основних точок внутрішніх районів держави: Пескейра, красивий сад, Сан-Каетану, Каруару, Гравата, Безеррос і Віторія-де-Санту-Антау. Кожне з цих міст мало свою історію, яку можна було розповісти, і зі свого досвіду вони повністю її ввібрали. Як добре було бачити гори, атлантичний ліс, каатингу, ферми, ферми, села, маленькі міста і ковтати чисте повітря, що йде з лісів. Пернамбуку був чудовим штатом!

Входячи в міський периметр столиці, вони святкують добру реалізацію Подорожі. Їдьте по головній алеї до району, хороша поїздка, де вони проведуть тест. По дорозі вони стикаються з перевантаженим рухом, байдужістю від незнайомих людей, забрудненим повітрям, відсутністю вказівок. Але вони нарешті це зробили. Вони заходять у відповідну будівлю, ідентифікують себе і починають випробування, яке триватиме два періоди. Під час першої частини тесту вони повністю зосереджені на виклику питань із кількома варіантами відповідей. Ну, розроблений банком, відповідальним за подію, спонукав до найрізноманітніших розробок з двох. На їхню думку, у них все було добре. Коли вони взяли перерву, вони вийшли на обід і випити соку в ресторані перед будівлею. Ці моменти були важливими для них, щоб зберегти свою довіру, стосунки та дружбу.

Після цього вони вирушили назад на полігон. Потім розпочався другий період заходу з питань, що стосуються інших дисциплін. Навіть не зберігаючи колишнього темпу, вони все одно були дуже проникливими у своїх відповідях. Вони таким чином довели, що найкращий спосіб пройти конкурси - це багато присвятити навчанню. Через деякий час вони закінчили свою впевнену участь. Вони здали докази, повернулися до машини, рухаючись у бік пляжу, розташованого неподалік.

По дорозі вони грали, включали звук, коментували гонки і просувалися вулицями Ресіфі, спостерігаючи за освітленими вулицями столиці, адже була ніч. Вони дивуються побаченому видовищу. Недарма місто відоме як «Столиця тропіків». Захід сонця надає навколишньому середовищу ще більш чудовий вигляд. Як приємно бути там в цей момент!

Досягнувши нової точки, вони підійшли до берегів моря, а потім запустили в його холодні і спокійні води. Спровоковане почуття викликає захоплення радістю, задоволенням, задоволенням і спокоєм. Втрачаючи лік часу, вони пливуть, поки не втомляться. Після цього вони лежать на пляжі при світлі зірок без будь-якого страху і занепокоєння. Магія блискуче оволоділа ними. Одне слово, яке слід використовувати в цьому випадку, було «Незмірний».

У якийсь момент, коли пляж майже безлюдний, відбувається наближення двох чоловіків дівчат. Вони намагаються встати і бігти перед лицем небезпеки. Але їх зупиняють міцні руки хлопчиків.

"Заспокойтеся, дівчата! Ми не збираємося завдавати вам болю! Ми лише просимо трохи уваги та ласки! "Один з них говорив.

Зіткнувшись з м'яким тоном, дівчата розчулено сміялися. Якщо вони хотіли сексу, чому б їм не задовольнити? Вони були знавцями цього мистецтва. Відгукнувшись на їхні очікування, вони встали і допомогли їм зняти одяг. Вони доставили два презервативи і зробили стриптиз. Цього було достатньо, щоб звести цих двох чоловіків з розуму.

Падаючи на землю, вони любили один одного парами і їх рухи змушували трястися підлогу. Вони дозволяли собі всі сексуальні варіації і бажання обох. У цьому пункті доставки їм було начхати ні на що і ні на кого. Для них вони були одні у Всесвіті у великому ритуалі любові без упереджень. У сексі вони були повністю переплетені, виробляючи силу, яку ніколи не бачили. Як і знаряддя праці, вони були частиною більшої сили в продовженні життя.

Просто виснаження змушує їх зупинитися. Повністю задоволені, чоловіки звільняються і йдуть. Дівчата вирішують повернутися до машини. Вони починають свій шлях назад до місця проживання. Що ж, вони взяли з собою свій досвід і очікували хороших новин про конкурс, в якому брали участь. Вони, безумовно, заслужили найкращу удачу в світі.

Через три години вони спокійно повернулися додому. Вони дякують Богові за благословення, даровані сном. Днями я чекав більше емоцій для двох маніяків.

повернення вчителя

Світанок. Сонце сходить рано, його промені проходять крізь щілини вікна, збираючись пестити обличчя наших дорогих малят. Крім того, створити в них настрій допомагав погожий ранковий вітерець. Як приємно було мати можливість провести ще один день з батьківського благословення. Повільно вони встають зі своїх ліжок одночасно. Після купання їх зустріч відбувається в навісі, де вони разом готують сніданок. Це момент радості, очікування та відволікання, обмін досвідом у неймовірно фантастичні часи.

Після готовності сніданку вони збираються навколо столу, зручно розташувавшись на дерев'яних стільцях зі спинкою для колони. Поки вони їдять, вони обмінюються інтимними переживаннями.

Белінья

Сестро моя, що це було?

Амелінья

Чиста емоція! Я досі пам'ятаю кожну деталь тіл тих дорогих кретинів!

Белінья

Я також! Я відчував величезне задоволення. Це було майже екстрасенсорна.

Амелінья

Я знаю! Давайте робити ці божевільні речі частіше!

Белінья

Погоджуюся!

Амелінья

Сподобався тест?

Белінья

Мені сподобалося. Я вмираю, щоб перевірити свою працездатність!

Амелінья

Я також!

Як тільки вони закінчили годувати, дівчата забрали свої мобільні телефони, отримавши доступ до мобільного інтернету. Вони перейшли на сторінку організації, щоб перевірити відгук доказу. Вони записали це на папері і пішли в кімнату, щоб перевірити відповіді.

Усередині вони стрибали від радості, коли побачили

добру записку. Вони пройшли! Емоції, які відчуваються, не можна було стримати прямо зараз. Після багатьох святкувань у нього з'являється найкраща ідея: запросити майстра Ренато, щоб вони могли відсвяткувати успіх місії. Белінья знову відповідає за місію. Вона бере трубку і дзвонить.

Белінья

Привіт?

Ренато

Привіт, з тобою все гаразд? Як справи, мила Белінья?

Белінья

Дуже добре! Вгадайте, що тільки що сталося.

Ренато

Не кажи мені....

Белінья

Так! Ми пройшли конкурс!

Ренато

Мої вітання! Хіба я вам не казав?

Белінья

Хочу щиро подякувати вам за співпрацю у всіх відношеннях. Ви розумієте мене, чи не так?

Ренато

Я розумію. Нам потрібно щось налаштувати. Бажано у себе вдома.

Белінья

Саме тому я і подзвонив. Чи можемо ми зробити це сьогодні?

Ренато

Так! Я можу зробити це сьогодні ввечері.

Белінья

Диво. Ми чекаємо вас тоді о восьмій годині ночі.

Ренато

Добре. Чи можу я привести брата?

Белінья

Звичайно!

Ренато

Побачимося пізніше!

Белінья

Побачимося пізніше!

З'єднання закінчується. Дивлячись на сестру, Белінья видає сміх від щастя. Цікаво, інший запитує:

Амелінья

То й що? LS він прийде?

Белінья

Все гаразд! Сьогодні о восьмій годині вечора ми возз'єднаємося. Він і його брат їдуть! Ви думали про оргію?

Амелінья

Розкажи мені про це! Я вже пульсую від емоцій!

Белінья

Нехай буде серце! Сподіваюся, вийде!

Амелінья

"Все вийшло!

Двоє сміються одночасно, наповнюючи навколишнє середовище позитивними вібраціями. У той момент я не сумнівався, що доля змовляється на ніч веселощів для того маніжкового дуету. Вони вже досягли стільки етапів разом, що не ослабнуть зараз. Тому вони повинні продовжувати обожнювати чоловіків як сексуальну гру, а потім відкинути їх. Це було найменше, що раса могла зробити, щоб заплатити за свої страждання. Насправді, жодна жінка не заслуговує страждань. Вірніше, кожна жінка не заслуговує болю.

Час приступати до роботи. Вийшовши з кімнати вже готовою, дві сестри відправляються в гараж, де виїжджають на своєму особистому автомобілі. Амелінья спочатку відводить Белінья до школи, а потім їде до офісу ферми. Там вона випромінює радість і розповідає професійні новини. За схвалення конкурсу він отримує привітання всіх. Те ж саме відбувається і з Белінья.

Пізніше вони повертаються додому і зустрічаються знову. Потім починається підготовка до прийому ваших колег. День обіцяв бути ще більш особливим.

Рівно в запланований час вони чують стукіт у двері. Белінья, найрозумніша з них, встає і відповідає. Твердими і безпечними кроками він ставить себе в двері і повільно відкриває її. По завершенні цієї операції він візуалізує пару побратимів. За сигналом господаря вони входять і влаштовуються на дивані у вітальні.

Ренато

Це мій брат. Його звуть Рікардо.

Белінья

Приємно познайомитися, Рікардо.

Амелінья

Ласкаво просимо сюди!

Рікардо

Я дякую вам обом. Задоволення - це все моє!

Ренато

Я готовий! Чи можемо ми просто зайти в кімнату?

Белінья

Ходімо!

Амелінья

Хто кого тепер отримує?

Ренато

Я сам обираю Белінья.

Белінья

Дякую, Ренато, дякую! Ми разом!

Рікардо

Буду радий залишитися з Амелінья!

Амелінья

Ти будеш тремтіти!

Рікардо

Подивимося!

Белінья

Тоді нехай вечірка почнеться!

Чоловіки обережно поклали жінок на руку, піднісши їх до ліжок, розташованих у спальні однієї з них. Прибувши на місце, вони знімають одяг і падають в красиві меблі, починаючи ритуал любові в декількох позах, обмінюються ласками і співучастю. Хвилювання і задоволення були настільки великі, що через дорогу можна було почути стогін, який скандалив сусідів. Я маю на увазі, не так багато, тому що вони вже знали про свою славу.

З висновком зверху закохані повертаються на кухню, де п'ють сік з печивом. Поки вони їдять, вони спілкуються протягом двох годин, збільшуючи взаємодію групи. Як добре було бути там, дізнаючись про життя і про те, як бути щасливим. Задоволення - це бути добре з собою і зі світом, підтверджуючи свій досвід і цінності перед іншими, несучи впевненість у тому, що інші не можуть бути суджені. Тому максимум, у який вони вірили, було «Кожен - своя особа».

До ночі вони нарешті прощаються. Відвідувачі йдуть, залишаючи «Дорогі Піренеї» ще більш ейфорійними, коли думають про нові ситуації. Світ просто продовжував повертатися до двох довірених осіб. Нехай їм пощастить!

Маніакальний клоун

Неділя прийшла і з ним багато новин у місті. Серед них приїзд цирку на ім'я «Суперзірка», знаменитого на всю Бразилію. Це все, про що ми говорили в цьому районі. Цікаво, що дві сестри запрограмувалися відвідати відкриття шоу, запланованого саме на цю ніч.

За розкладом вони вдвох вже були готові вийти на вулицю після спеціальної вечері на святкування своєї неодруженої людини. Одягнені на урочисту церемонію, обидва одночасно пройшли парадом, де вийшли з дому і увійшли в гараж. Зайшовши в машину, вони починають з того, що один з них спускається вниз і закриває гараж. З поверненням ж подорож можна відновити без будь-яких подальших проблем.

Залишаючи район Сент-Крістофер, прямуйте до району Боа-Віста на іншому кінці міста, столиці внутрішніх районів з близько вісімдесяти тисяч жителів. Гуляючи тихими алеями, вони вражені архітектурою, різдвяними прикрасами, духами людей, церквами, горами, про які вони, здавалося, говорили, ароматними каламбурами, якими вони обмінювалися в співучасті, звуком гучного року, французькими парфумами, розмовами про політику, бізнес, суспільство, вечірки, північно-східну культуру та секрети. У будь-якому випадку, вони були абсолютно розслаблені, тривожні, нервові, а також зосереджені.

По дорозі миттєво випадає дрібний дощ. Всупереч очікуванням, дівчата відкривають вікна автомобіля, змушуючи маленькі краплі води змащувати обличчя. Цей жест показує їх простоту і автентичність, справжніх само астральних чемпіонів. Це оптимальний варіант для людей. Який сенс прибирати невдачі, неспокій і біль минулого? Вони нікуди їх не візьмуть. Ось чому вони були щасливі через свій вибір. Хоча світ судив їх, їм було байдуже, тому що вони володіли своєю долею. З днем народження їх!

Хвилин за десять вони вже на стоянці, прикріпленій до цирку. Вони закривають машину, проходять кілька метрів у внутрішній двір оточення. За те, що прийшли раніше, сідають на перші крісла. Поки ви чекаєте шоу, вони купують попкорн, пиво, кидають фігню і мовчазні каламбури. Не було нічого кращого, ніж бути в цирку!

Через сорок хвилин шоу зініціюється. Серед визначних пам'яток жартують клоуни, акробати, артисти трапеції, конторціоністи, глобус смерті, фокусники, жонглери, музичне шоу. Протягом трьох годин вони живуть чарівними моментами, весело, відволікаються, грають, закохуються, нарешті, живуть. Після розпаду шоу вони обов'язково йдуть до гримерки і вітають одного з клоунів. Він зробив трюк, підбадьоривши їх, як цього ніколи не було.

Піднявшись на сцену, ви повинні отримати лінію. За збігом обставин, вони останніми заходять у роздягальню. Там вони знаходять спотвореного клоуна, далеко від сцени.

«Ми приїхали сюди, щоб привітати вас з вашим чудовим шоу. У цьому є Божий дар! Він спостерігав за Белінья.

"Ваші слова і ваші жести похитнули мій дух. Не знаю, але я помітив смуток у ваших очах. Я правий?

"Дякую вам обом за слова. Як вас звати?— відповів клоун.

"Мене звуть Амелінья!

«Мене звуть Белінья.

"Приємно познайомитися. Ти можеш назвати мене Жілберто! Я пережив достатньо болю в цьому житті. Однією з них була нещодавня розлука з дружиною. Ви повинні розуміти , що нелегко розлучитися з дружиною після 20 років життя, чи не так? Незважаючи на це, я радий виконувати своє мистецтво.

"Бідний хлопець! Мені шкода!(Амелінья).

"Що ми можемо зробити, щоб підбадьорити його? (Белінья).

"Я не знаю як. Після розставання дружини я так сумую за нею. (Жілберто).

"Ми можемо це виправити, чи не так, сестро? (Белінья).

- Звичайно. Ти гарний чоловік.(Амелінья)

"Дякую вам, дівчата. Ви чудові.— вигукнув Жілберто.

Не чекаючи більше, білий, високий, сильний, темноокий мужній пішов роздягатися, а дами наслідували його приклад. Оголене, тріо увійшло в прелюдію прямо там, на підлозі. Більше, ніж обмін емоціями та лайкою, секс веселив їх і піднімав настрій. У ті короткі хвилини вони відчули частки більшої сили—любові Бога. Через любов вони досягли більшого екстазу, якого могла досягти людина.

Закінчуючи акт, вони вбираються і прощаються. Ще один крок і висновок, який прийшов, полягав у тому, що людина була диким вовком. Маніакального клоуна ви ніколи не збудете. Більше ні, вони залишають цирк, рухаючись на стоянку. Вони сідають у машину, починаючи свій шлях назад. Наступні кілька днів обіцяли ще сюрпризи.

Другий світанок настав як ніколи прекрасний. Рано вранці нашим друзям приємно відчувати тепло сонця і бродить в обличчях вітерець. Ці контрасти викликали у фізичному аспекті те саме гарне відчуття свободи, задоволеності, задоволення та радості. Вони були готові зустріти новий день.

Однак вони зосереджують свої сили, кульмінацією яких є їх підйом. Наступний крок - піти в люкс і зробити це з крайнім бродяжництвом, ніби вони зі штату Баїя. Щоб не образити наших дорогих сусідів, звичайно. Земля всіх святих - це вражаюче місце, повне культури, історії та світських традицій. Хай живе Баїя.

У ванній кімнаті вони знімають одяг від дивного

відчуття, що вони не самотні. Хто коли-небудь чув про легенду про блондинку? Після марафону фільмів жахів було нормальним мати проблеми з цим. Згодом вони кивають головами, намагаючись заспокоїтися. Раптом кожному з них спадає на думку їхня політична траєкторія, громадянська сторона, професійна, релігійна сторона та сексуальний аспект. Вони добре почуваються як недосконалі пристрої. Вони були впевнені, що якості і вади додають їм особистості.

Крім того, вони замикаються у ванній кімнаті. Відкривши душ, вони пропускають гарячу воду через спітнілі тіла через спеку минулої ночі. Рідина служить каталізатором, поглинаючи все сумне. Це саме те, що їм потрібно було зараз: забути біль, травму, розчарування, неспокій, намагаючись знайти нові очікування. Нинішній рік був у цьому вирішальним. Фантастичний поворот у всіх аспектах життя.

Процес очищення зініціюється з використанням губок рослин, мила, шампуню, крім води. В даний час вони відчувають одне з кращих задоволень, яке змушує згадати квиток на риф і пригоди на пляжі. Інтуїтивно їхній дикий дух просить більше пригод у тому, що вони залишаються, щоб проаналізувати, як тільки зможуть. Ситуація сприяла відгулу, досягнутому на роботі обох як нагорода за відданість державній службі.

Протягом приблизно 20 хвилин вони відкладають трохи в сторону свої цілі, щоб жити рефлексивним моментом у відповідній близькості. Після закінчення цієї діяльності вони виходять з туалету, витирають мокре тіло рушником, носять чистий одяг і взуття, носять швейцарські парфуми, імпортують макіяж з Німеччини з справді приємними сонцезахисними окулярами і діадемами. Повністю готові, вони переходять до чашки з гаманцями на смужці і вітають себе щасливими з возз'єднанням в подяку доброму Господу.

У співпраці вони готують сніданок від заздрості: кус-кус в курячому соусі, овочах, фруктах, кавова-вершках, крекерах. У рівних частинах їжа ділиться. Вони чергують хвилини мовчання з коротким обміном словами, тому що були ввічливі. Закінчивши сніданок, немає виходу за рамки того, що вони задумали.

" Що ти пропонуєш, Белінья? Я нудьгую!

«У мене є розумна ідея. Пам'ятаєте ту людину, з якою ми познайомилися на літературному фестивалі?

"Я пам'ятаю. Він був письменником, і його звали Божественне.

"У мене є його номер. Як щодо того, щоб ми зв'язалися? Хотілося б дізнатися, де він живе.

"Я теж. Чудова ідея. Робити це. Мені сподобається.

"Гаразд!

Белінья відкрила сумочку, взяла телефон і почала набирати номер. За кілька миттєвостей хтось відповідає на репліку, і розмова починається.

"Добрий день.

"Привіт, Божественний. Все гаразд?

" Гаразд, Белінья. Як справи?

"У нас все добре. Послухайте, це запрошення все ще

діє? Сьогодні ввечері ми з сестрою хотіли б провести особливе шоу.

"Звичайно, так. Ви не пошкодуєте. Тут у нас пилки, багата природа, свіже повітря за межами чудової компанії. Я доступний і сьогодні.

"Як чудово. Що ж, чекайте нас при в'їзді в село. У більшості 30 хвилин ми там.

"Це нормально. Побачимося пізніше!

"Побачимося пізніше!

Дзвінок закінчується. З усмішкою Белінья повертається, щоб спілкуватися з сестрою.

"Він відповів, що так. Чи будемо?

" Ходімо. На що ми чекаємо?

Обидва проходять парадом від чашки до виходу з будинку, закриваючи за собою двері ключем. Потім вони переміщаються в гараж. Вони їздять на службовому сімейному автомобілі, залишаючи свої проблеми позаду в очікуванні нових сюрпризів і емоцій на найважливішій землі світу. По всьому місту, з гучним звуком, зберігали свою маленьку надію на себе. У той момент це було варте всього, поки я не подумав про шанс бути щасливим назавжди.

За короткий час вони їдуть праворуч від шосе BR 232. Отже, починається курс курсу до досягнень і щастя. З помірною швидкістю вони можуть насолоджуватися гірським пейзаже на березі траси. Хоча це було відоме середовище, кожен уривок там був чимось більшим, ніж новинкою. Це було заново відкрите «я».

Проходячи через місця, ферми, села, йдуть блакитні

хмари, попіл і троянді, сухе повітря і спекотна температура. У запрограмований час вони підходять до самого буколічного входу бразильського вглиб країни. Мімозо полковників, екстрасенсів, Непорочного Зачаття і людей з високими інтелектуальними здібностями.

Коли вони зупинилися біля входу в район, вони чекали вашого дорогого друга з такою ж посмішкою, як завжди. Хороший знак для тих, хто шукав пригод. Вийшовши з машини, вони йдуть назустріч благородному колезі, який приймає їх з обіймами, стаючи потрійними. Ця мить, здається, не закінчується. Вони вже повторюються, у них починають змінюватися перші враження.

"Як справи, Божественна?— запитала Белінья.

"Добре, як справи? Листувався екстрасенс.

"Чудово!(Белінья).

"Краще, ніж будь-коли, доповнила Амелінья.

«У мене є чудова ідея. Як щодо того, щоб ми піднялися на гору Ороруба? Саме там рівно вісім років тому почалася моя траєкторія в літературі.

"Яка краса! Це буде честь! (Амелінья).

"Для мене теж! Я люблю природу. (Белінья).

"Отже, ходімо зараз. (Алдіван).

Підписавшись слідом, таємничий друг двох сестер висунувся вулицями в центрі міста. Вниз праворуч, зайшовши в приватне місце і пройшовши близько ста метрів, поміщає їх в нижню частину пилки. Вони роблять швидку зупинку, щоб вони могли відпочити і зволожити. Як це було піднятися на гору після всіх цих пригод? Почуття було спокоєм, збиранням, сумнівами і ваганнями. Це було так, ніби вперше з усіма викликами, оподаткованими долею. Несподівано друзі з посмішкою дивляться на великого письменника.

«З чого все починалося? Що це означає для вас? (Белінья).

«У 2009 році моє життя оберталося в одноманітності. Що підтримувало мене, так це бажання зовнішнє те, що я відчував у світі. Саме тоді я почув про цю гору і сили його чудової печери. Виходу немає, я вирішив ризикнути заради своєї мрії. Я зібрав валізу, піднявся на гору, виконав три завдання, які я отримав акредитацію, увійшов у грот відчаю, смертний, найнебезпечніший грот у світі. Всередині нього я подолав великі виклики, закінчивши добиратися до палати. Саме в той момент екстазу сталося диво, я став екстрасенсом, всезнаючою істоткою через його видіння. Поки що було ще двадцять пригод і я не зупинюся так скоро. Завдяки читачам, поступово, я досягаю своєї мети підкорити світ.

"Захоплююче. Я ваш шанувальник. (Амелінья).

"Зворушливо. Я знаю, що ви повинні відчувати, коли знову виконуєте це завдання. (Белінья).

"Відмінно. Я відчуваю суміш хороших речей, включаючи успіх, віру, кігті та оптимізм. Це дає мені хорошу енергію, - сказав екстрасенс.

"Добре. Що ви нам даєте?

"Давайте зосередимося на цьому. Чи готові ви дізнатися краще для себе? (Майстер).

" Так. Вони погодилися на обидва.

"Тоді йдіть за мною.

Тріо відновило роботу підприємства. Пригріває сонце, вітер де трохи сильніше, птахи відлітають і співають, каменів і колючки немов рухаються, земля трясеться і починають діяти гірські голоси. Саме таке середовище присутнє на підйомі пилки.

Маючи великий досвід, чоловік в печері весь час допомагає жінкам. Діючи так, він вкладав у практичні чесноти, важливі такі як солідарність і співпраця. Натомість вони позичили йому людське тепло і неоднакову відданість. Можна сказати, що це було те нездоланне, нестримне, компетентне тріо.

Потроху вони крок за кроком піднімаються вгору сходами щастя. Незважаючи на чималі досягнення, вони залишаються невтомними у своїх пошуках. У продовженні вони трохи уповільнюють темп прогулянки, але зберігають його стійким. Як то кажуть, потихеньку йде далеко. Ця впевненість супроводжує їх весь час, створюючи духовний спектр пацієнтів, обережність, толерантність і подолання. Завдяки цим елементам вони мали віру, щоб подолати будь-яке лихо.

Наступний пункт, священний камінь, завершує третину курсу. Є коротка перерва, і їм подобається молитися, дякувати, розмірковувати і планувати наступні кроки. У правильній мірі вони прагнули задовольнити свої надії, страхи, біль, тортури і горе. Бо маючи віру, незгладимий мир наповнює їхні серця.

З перезавантаженням подорожі невпевненість, сумніви та сила несподіваного повертаються до дії. Хоча це могло лякати їх, вони несли безпеку перебування в присутності

Бога і маленького паростка вглиб країни. Ніщо або хтось не міг заподіяти їм шкоди просто тому, що Бог цього не дозволив. Цей захист вони усвідомлювали в кожен важкий момент життя, де оточуючі просто кидали їх. Бог фактично є нашим єдиним вірним другом.

Далі вони на половині шляху. Сходження залишається проведеним з більшою самовіддачею та мелодією. На відміну від того, що зазвичай трапляється зі звичайними альпіністами, ритм допомагає мотивації, волі та подачі. Хоча вони не були спортсменами, це було чудово їх виступом за те, що вони були здоровими та відданими молодими.

Після проходження трьох чвертей маршруту очікування доходить до нестерпних рівнів. Як довго їм доведеться чекати? У цей момент тиску найкраще, що можна було зробити, це спробувати контролювати імпульс цікавості. Все обережно було тепер завдяки діям протиборчих сил.

Маючи трохи більше часу, вони нарешті закінчують маршрут. Сонце світить яскравіше, світло Боже освітлює їх і, виходячи зі сліду, опікун і його син Ренато. Все повністю відродилося в серці цих милих малюків. Вони заслужили цю благодать за те, що так старанно працювали. Наступний крок екстрасенса - нарватися на міцні обійми зі своїми благодійниками. Його колеги йдуть за ним і роблять п'ятикутні обійми.

" Радий бачити тебе, сину Божий! Я тебе давно не бачив! Мій материнський інстинкт попередив мене про твоє наближення, сказала прародителька.

"Я радий! Я ніби пам'ятаю свою першу пригоду. Було стільки емоцій. Гора, виклики, печера і подорож у часі позначили мою історію. Повернення сюди приносить мені хороші спогади. Тепер я беру з собою двох дружніх воїнів. Їм потрібна була ця зустріч зі священною.

"Як вас звати, пані?— запитав опікун гори.

«Мене звуть Белінья, і я аудитор.

«Мене звуть Амелінья, і я вчитель. Ми живемо в Арковерде.

"Ласкаво просимо, пані. (Хранитель гори.).

"Ми вдячні!— сказав у супроводі двоє відвідувачів зі сльозами, що текли по очах.

"Я також люблю нові дружні стосунки. Знову бути поруч зі своїм господарем приносить мені особливе задоволення від тих невимовних. Єдині люди, які знають, як це зрозуміти, - це ми двоє. Хіба це не правильно, партнере? (Ренато).

"Ти ніколи не змінишся, Ренато! Ваші слова безцінні. При всьому моєму божевіллі, знайти його було однією з хороших речей моєї долі.

Мій друг і мій брат відповіли екстрасенсу, не розрахувавши слів. Вони вийшли природним чином заради справжнього почуття, яке живило його.

"Ми відповідаємо в тій же мірі. Саме тому наша історія вдалася, зазначив молодий чоловік.

«Як приємно бути в цій історії. Я поняття не мав, наскільки особлива гора за своєю траєкторією, дорогий письменник, сказав Амелінья.

"Він справді чудовий, сестро. Крім того, ваші друзі

справді приємні. Ми живемо справжньою вигадкою, і це найпрекрасніше, що існує. (Белінья).

"Ми цінуємо комплімент. Однак ви повинні втомитися від зусиль, що застосовуються на скелелазіння. Як щодо того, щоб ми поїхали додому? Нам завжди є що запропонувати. (Мадам).

"Ми скористалися можливістю, щоб наздогнати наші розмови. Я так сумую за Ренато.

"Я думаю, що це чудово. Що стосується дам, що ви скажете?

"Мені сподобається.(Белінья).

"Ми будемо!

"Тоді відпусти нас! Закінчив магістратуру.

Квінтет починає ходити в порядку, заданому тією фантастичною фігурою. Тут же холод продре втомлені скелети класу. Ким була ця жінка і які сили вона мала? Незважаючи на стільки моментів разом, таємниця залишалася замкненою, як двері до семи ключів. Вони ніколи б не дізналися, тому що це була частина гірської таємниці. Одночасно їхні серця залишилися в тумані. Вони були виснажені тим, що жертвували любов'ю і більше не отримували, не прощали і не розчаровували. Як би там не було, або вони звикли до реалій життя, або сильно б постраждали. Тому їм потрібна була порада.

Крок за кроком вони збираються долати перешкоди. Миттєво вони чують тривожний крик. Одним поглядом начальник їх заспокоює. Таким було відчуття ієрархії, в той час як найсильніші і найдосвідченіші захищені, слуги поверталися з відданістю, поклонінням і дружбою. Це була вулиця з двостороннім рухом.

На жаль, вони впораються з прогулянкою чудово і м'яко. Яка ідея пройшла через голову Белінья? Вони були посеред куща, розбиті противними тваринами, які могли їх поранити. Крім того, на ногах були колючки та загострене каміння. Оскільки кожна ситуація має свою точку зору, перебування там було єдиним шансом зрозуміти себе і свої бажання, щось дефіцитне в житті відвідувачів. Незабаром це було варте пригод.

Далі на півдорозі вони зроблять зупинку. Тут же поруч був фруктовий сад. Вони прямують до неба. Натякаючи на біблійну казку, вони відчували себе абсолютно вільними і інтегрованими в природу. Як діти, вони грають лазити по деревах, беруть плоди, спускаються вниз і їдять їх. Потім вони метикують. Вони дізналися, як тільки життя твориться моментами. Незалежно від того, сумні вони чи щасливі, добре насолоджуватися ними, поки ми живі.

Згодом вони приймають освіжаючу ванну в прикріпленому озері. Цей факт викликає хороші спогади про колись, про найчудовіші переживання в їхньому житті. Як приємно було бути дитиною! Як важко було дорослішати і стикатися з дорослим життям. Живіть з фальшивкою, брехнею і фальшивою мораллю людей.

Рухаючись далі, вони наближаються до долі. Внизу праворуч по стежці вже можна побачити просту лопату. Це було святилище найпрекрасніших, найзагадковіших людей на горі. Вони були чудовими, що доводить, що цінність людини не в тому, чим вона володіє. Благородство душі полягає в характері, в милосерді і консультативних установках. Отже, приказка говорить: друг на площі краще, ніж гроші, покладені в банк.

На кілька кроків вперед вони зупиняються перед входом в салон. Чи отримають вони відповіді на ваші внутрішні запити? Тільки час міг відповісти на це та інші питання. Важливим у цьому було те, що вони були там для всього, що приходить і йде.

Взявши на себе роль господині, опікун відкриває двері, даючи всім іншим доступ всередину будинку. Вони входять в порожню кабінку, широко все спостерігаючи. Вони вражають витонченістю місця, представленого орнаментом, предметами, меблями та атмосферою таємниці. Суперечлива, тут було більше багатства і культурного розмаїття, ніж у багатьох палацах. Отже, ми можемо відчувати себе щасливими і повноцінними навіть у скромному середовищі.

По черзі ви будете селитися в доступних місцях, за винятком того, що Ренато йде на кухню, щоб приготувати обід. Порушується початковий клімат сором'язливості.

"Я хотів би знати вас ближче, дівчата.

«Ми дві дівчини з міста Арковерде. Ми щасливі професійна, але невдахи в любові. З тих пір, як мене зрадив мій старий партнер, я був розчарований, зізналася Белінья.

«Саме тоді ми вирішили повернутися до чоловіків. Ми уклали пакт, щоб заманити їх і використовувати як об'єкт. Ми більше ніколи не будемо страждати, сказала Амелінья.

«Я надаю їм всю свою підтримку. Я зустрів їх у натовпі,

і тепер з'явилася їхня можливість побувати тут. (Син Божий)

"Цікаво. Це природна реакція на страждання розчарувань. Однак це не найкращий спосіб, якого слід дотримуватися. Судити про цілий вид по відношенню людини - явна помилка. Кожен має свою індивідуальність. Це ваше священне і безсоромне обличчя може викликати більше конфліктів і задоволення. Вам належить знайти правильний момент цієї історії. Що я можу зробити, так це підтримати, як це зробив ваш друг, і стати аксесуаром до цієї історії, проаналізованої священним духом гори.

"Я дозволю. Я хочу знайти себе в цій святині. (Амелінья).

"Я також приймаю вашу дружбу. Хто знав, що я буду у фантастичній мильній опері? Міф про печеру і гору здаються такими зараз. Чи можна загадати бажання?(Белінья).

"Звичайно, шановні.

"Гірські сутності можуть почути прохання скромних мрійників, як це сталося зі мною. Майте віру!(син Божий).

"Мені так не вірять. Але якщо ви так скажете, я спробую. Я прошу успішного завершення для всіх нас. Нехай кожен з вас забудеться в основних сферах життя.

"Дарую! Гримить глибокий голос посеред кімнати.

Обидві повії зробили стрибок на землю. Тим часом інші сміялися і плакали від реакції обох. Цей факт був скоріше доленосним вчинком. Який сюрприз. Не було нікого, хто міг би передбачити, що відбувається на вершині гори. Оскільки відомий індіанець помер на місці події, відчуття реальності залишило місце для надприродного, таємничого і незвичайного.

"Якого біса був цей грім? Мене поки що трясе, зізналася Амелінья.

"Я чув, що сказав голос. Вона підтвердила моє бажання. Я мрію? — запитала Белінья.

«Чудеса трапляються! З часом ви точно будете знати, що значить сказати це, сказав майстер.

«Я вірю в гору, і ви повинні вірити в неї теж. Завдяки її диву я залишаюся тут переконаним і в безпеці своїх рішень. Якщо ми зазнаємо невдачі один раз, ми можемо почати спочатку. Для живих завжди є надія, - запевнив шаман екстрасенса, показуючи сигнал на даху.

"Світло. Що це значить? (Белінья).

«Це так красиво і яскраво. (Амелінья).

"Це світло нашої вічної дружби. Хоча вона зникне фізично, вона залишиться недоторканою в наших серцях. (Опікун

"Ми всі світлі, хоча і в видатних аспектах. Наша доля - щастя. (Екстрасенс).

Ось тут на допомогу приходить Ренато і робить пропозицію.

"Настав час вийти і знайти друзів. Настав час веселощів.

«Я з нетерпінням чекаю цього. (Белінья)

"Чого ми чекаємо? Настав час. (КРИКИ)

Квартет виходить у ліс. Темп кроків швидкий, що розкриває внутрішню муку персонажів. Сільське середовище Мімозо сприяло видовищу природи. З якими труднощами ви б зіткнулися? Чи будуть люті тварини небезпечними? Гірські міфи могли напасти в будь-який момент, що було досить небезпечно. Але сміливість була якістю, яку носили всі там. Ніщо не зупинить їх щастя.

Час настав. У команді активів був чорношкірий чоловік Ренато та білявий чоловік. У пасивній команді були Божественний, Белінья і Амелінья. З сформованою командою починається веселощі серед сірої зелені з сільського лісу.

Чорношкірий хлопець зустрічається з Божественним. Ренато зустрічається з Амелінья, а блондин зустрічається з Белінья. Груповий секс починається з обміну енергією між шісткою. Всі вони були за всіх, за одного. Жага сексу і задоволення була спільною для всіх. Змінюючи пози, кожен відчуває неповторні відчуття. Вони пробують анальний секс, вагінальний секс, оральний секс, груповий секс серед інших сексуальних методів. Це доводить, що любов не є гріхом. Це торгівля фундаментальною енергією для еволюції людини. Без почуття провини вони швидко обмінюються партнером, що забезпечує багаторазові оргазми. Це суміш екстазу, яка включає групу. Вони годинами займаються сексом, поки не втомляться.

Після того як все буде виконано, вони повертаються в початкові положення. На горі було ще багато чого відкрити.

Екскурсія в місто Пескейра

Ранок понеділка прекрасний, як ніколи. Рано вранці наші друзі отримують задоволення відчувати тепло сонця і бродить в обличчях вітерець. Ці контрасти викликали у фізичному аспекті те саме гарне відчуття свободи, задоволеності, задоволення та радості. Вони були готові зустріти новий день.

По-друге, вони концентрують свої сили, кульмінацією яких є їх підйом. Наступний крок - піти в люкс і зробити це з крайнім бродяжництвом, ніби вони зі штату Баія. Щоб не образити наших дорогих сусідів, звичайно. Земля всіх святих - це вражаюче місце, повне культури , історії та світських традицій. Хай живе Баія!

У ванній кімнаті вони знімають одяг від дивного відчуття, що вони не самотні. Хто коли-небудь чув про легенду про блондинку? Після марафону фільмів жахів було нормальним мати проблеми з цим. Згодом вони кивають головами, намагаючись заспокоїтися . Раптом кожному з них спадає на думку їхня політична траєкторія, їхня громадянська сторона, їхня професійна, релігійна сторона та сексуальний аспект. Вони добре почуваються як недосконалі пристрої. Вони були впевнені, що якості і вади додають їм особистості.

Вони замикаються у ванній. Відкривши душ, вони пропускають гарячу воду через спітнілі тіла через спеку минулої ночі. Рідина служить каталізатором, поглинаючи все сумне. Це саме те, що їм потрібно було зараз: забути біль, травму, розчарування, неспокій, намагаючись знайти нові очікування. Поточний рік був у ньому вирішальним. Фантастичний поворот у всіх аспектах життя.

Процес очищення починається з використанням склоочисника, мила, шампуром поза водою. В даний час вони відчувають одне з кращих задоволень, яке змушує їх згадати перевал на рифі і пригоди на пляжі. Інтуїтивно їхній дикий дух просить більше пригод у тому, що вони залишаються, щоб проаналізувати, як тільки зможуть. Ситуація сприяла відгулу, досягнутому на роботі обох як нагорода за відданість державній службі.

Протягом приблизно 20 хвилин вони відкладають трохи в сторону свої цілі, щоб жити рефлексивним моментом у відповідній близькості. Після закінчення цієї діяльності вони виходять з туалету, витирають мокре тіло рушником, носять чистий одяг і взуття, носять швейцарські парфуми, імпортують макіяж з Німеччини з справді приємними сонцезахисними окулярами і діадемами. Повністю готові, вони переходять до чашки з гаманцями на смужці і вітають себе щасливими з возз'єднанням в подяку доброму Господу.

У співпраці вони готують сніданок заздрості, курячий соус, овочі, фрукти, кавові вершки та сухарики. У рівних частинах їжа ділиться. Вони чергують хвилини мовчання з коротким обміном словами, тому що були ввічливі. Закінчивши сніданок, не залишилося порятунку, ніж вони планували.

" Що ти пропонуєш, Белінья? Я нудьгую!

«У мене є розумна ідея. Пам'ятаєте того хлопця, якого ми знайшли в натовпі?

"Я пам'ятаю. Він був письменником, і його звали Божественне.

"У мене є його номер телефону. Як щодо того, щоб ми зв'язалися? Хотілося б дізнатися, де він живе.

"Я теж. Чудова ідея. Робити це. Я б із задоволенням.

"Гаразд!

Белінья відкрила сумочку, взяла телефон і почала набирати номер. За кілька миттєвостей хтось відповідає на репліку, і розмова починається.

"Добрий день.

"Привіт, Божественна, як справи?

" Гаразд, Белінья. Як справи?

"У нас все добре. Послухайте, це запрошення все ще діє? Сьогодні ввечері ми з сестрою хотіли б провести особливе шоу.

"Звичайно, так. Ви не пошкодуєте. Тут у нас пилки, багата природа, свіже повітря за межами чудової компанії. Я доступний і сьогодні.

"Як чудово! Тоді чекайте нас на в'їзді в село. У більшості 30 хвилин ми там.

"Гаразд! Отже, до тих пір!

"Побачимося пізніше!

Дзвінок закінчується. З усмішкою Белінья повертається, щоб спілкуватися з сестрою.

"Він відповів, що так. Підемо?

" Ходімо! На що ми чекаємо?

Обидва проходять парадом від чашки до виходу з будинку, закриваючи за собою двері ключем. Потім вирушайте в гараж. Пілотують службовий сімейний автомобіль, залишаючи свої проблеми позаду в очікуванні нових сюрпризів і емоцій на найважливішій землі світу. По всьому місту, з гучним звуком, зберігали свою маленьку надію на себе. У той момент це було варте всього, поки я не подумав про шанс бути щасливим назавжди.

За короткий час вони їдуть праворуч від шосе BR 232. Отже, починайте курс курсу до досягнень і щастя. З помірною швидкістю вони можуть насолоджуватися гірським пейзаже на березі траси. Хоча це було відоме середовище, кожен уривок там був чимось більшим, ніж новинкою. Це було заново відкрите «я».

Проходячи через місця, ферми, села, йдуть блакитні хмари, попіл і троянді, сухе повітря і спекотна температура. У запрограмований час вони приходять до самого буколічного входу внутрішніх районів штату Пернамбуку. Мімозо полковників, екстрасенсів, Непорочного Зачаття і людей з високими інтелектуальними здібностями.

Коли ви зупинялися біля входу в район, ви чекали свого дорогого друга з такою ж посмішкою, як завжди. Хороший знак для тих, хто шукав пригод. Вийдіть з машини, вирушайте назустріч благородному колезі, який приймає їх з обіймами, стаючи потрійними. Ця мить, здається, не закінчується. Вони вже повторюються, у них починають змінюватися перші враження.

"Як справи, Божественна? (Белінья)

" Ну, а що з тобою? (Екстрасенс)

"Чудово! (Белінья)

"Краще, ніж будь-коли "(Амелінья)

"У мене є чудова ідея, як щодо того, щоб ми піднялися на гору Оруба? Саме там рівно вісім років тому почалася моя траєкторія в літературі.

"Яка краса! Це буде честь! (Амелінья)

"Для мене теж! Я люблю природу! (Белінья)

"Отже, ходімо зараз! (Алдіван)

Підписавшись слідувати за ним, таємничий друг двох сестер висунувся вулицями центру міста. Вниз праворуч, зайшовши в приватне місце і пройшовши близько ста метрів, поміщає їх в нижню частину пилки. Вони роблять швидку зупинку, щоб відпочити і зволожити. Як це було піднятися на гору після всіх цих пригод? Почуття було спокоєм, збиранням, сумнівами і ваганнями. Це було так, ніби вперше з усіма викликами, оподаткованими долею. Несподівано друзі з посмішкою дивляться на великого письменника.

«З чого все починалося? Що це означає для вас?(Белінья)

«У 2009 році моє життя оберталося в одноманітності. Що підтримувало мене, так це бажання зовнішнє те, що я відчував у світі. Саме тоді я почув про цю гору і сили його чудової печери. Виходу немає, я вирішив ризикнути заради своєї мрії. Я зібрав валізу, піднявся на гору, виконав три завдання, які мені засвідчили, увійшов у грот відчаю, смертний, найнебезпечніший грот у світі. Всередині нього я подолав великі виклики, закінчивши добиратися до палати. Саме в той момент екстазу сталося диво, я став екстрасенсом, всезнаючою істоткою через його видіння. Поки що було ще двадцять пригод і я не маю наміру зупинятися так скоро. За допомогою читачів я поступово отримую свою мету підкорити світ.(син Божий)

"Захоплююче! Я ваш шанувальник. (Амелінья)

Я знаю, як ви повинні ставитися до того, щоб знову виконати це завдання. (Белінья)

"Дуже добре! Я відчуваю суміш хороших речей, включаючи успіх, віру, кігті та оптимізм. Це дає мені хорошу енергію. (Екстрасенс)

"Добре! Що ви нам даєте? (Белінья)

"Давайте зосередимося на цьому. Чи готові ви дізнатися краще для себе?(Майстер)

" Так! Вони погодилися на обидва.

"Тоді йди за мною!

Тріо відновило роботу підприємства. Пригріває сонце, вітер де трохи сильніше, птахи відлітають і співають, каменів і колючки немов рухаються, земля трясеться і починають діяти гірські голоси. Саме таке середовище присутнє на підйомі пилки.

Маючи великий досвід, чоловік в печері весь час допомагає жінкам. Діючи так, він вкладав у практичні чесноти, важливі такі як солідарність і співпраця. Натомість вони позичили йому людське тепло і нерівну самовідданість. Можна сказати, що це було те нездоланне, нестримне, компетентне тріо.

Потроху вони крок за кроком піднімаються вгору сходами щастя. З цілеспрямованістю і наполегливістю вони обганяють вищу дерево, завершують чверть шляху. Незважаючи на чималі досягнення, вони залишаються невтомними у своїх пошуках. Вони були тому, що вітаю.

У продовженні трохи уповільніть темп прогулянки, але зберігаючи його стійким. Як то кажуть, потихеньку йде далеко. Ця впевненість супроводжує їх весь час, створюючи духовний спектр терпіння, обережності, терпимості та подолання. Завдяки цим елементам вони мали віру, щоб подолати будь-яке лихо.

Наступний пункт, священний камінь завершує третину курсу. Є коротка перерва, і їм подобається молитися, дякувати, розмірковувати і планувати наступні кроки. У правильній мірі вони прагнули задовольнити свої надії, страхи, біль, тортури і горе. Бо маючи віру, незгладимий мир наповнює їхні серця.

З перезавантаженням подорожі невпевненість, сумніви та сила несподіваного повертаються до дії. Хоча це могло їх налякати, вони несли безпеку перебування в присутності Божого маленького паростка інтер'єру. Ніщо або хтось не міг заподіяти їм шкоди просто тому, що Бог цього не дозволив. Цей захист вони усвідомлювали в кожен важкий момент життя, де оточуючі просто кидали їх. Бог фактично є нашим єдиним вірним і вірним другом.

Далі вони на половині шляху. Сходження залишається проведеним з більшою самовіддачею та мелодією. Всупереч тому, що зазвичай відбувається зі звичайними альпіністами, ритм допомагає мотивації, волі і подачі. Хоча вони не були спортсменами, вони були чудовими за те, що були здоровими та відданими молодими.

З курсу третьої чверті очікування доходять до нестерпних позначок. Як довго їм доведеться чекати? У цей момент тиску найкраще, що можна було зробити, це спробувати контролювати імпульс цікавості. Все обережно було тепер завдяки діям протиборчих сил.

Маючи трохи більше часу, вони нарешті закінчують

курс. Сонце світить яскравіше, світло Боже освітлює їх і, виходячи зі сліду, опікун і його син Ренато. Все повністю відродилося в серці цих милих малюків. Вони заслужили цю благодать завдяки закону про рослинні культури. Наступний крок екстрасенса - нарватися на міцні обійми зі своїми благодійниками. Його колеги йдуть за ним і роблять п'ятикутні обійми.

"Радий бачити тебе, сину Божий! Давно не бачить! Мій материнський інстинкт попередив мене про твоє наближення.

Я радий! Я ніби пам'ятаю свою першу пригоду. Було стільки емоцій. Гора, виклики, печера і подорож у часі позначили мою історію. Повернення сюди приносить мені хороші спогади. Тепер я беру з собою двох дружніх воїнів. Їм потрібна була ця зустріч зі священною.

"Як вас звати, пані?(Хранитель)

«Мене звуть Белінья, і я аудитор.

«Мене звуть Амелінья, і я вчитель. Ми живемо в Арковерде.

"Ласкаво просимо, пані. Хранитель.

"Ми вдячні!— сказав у співдружності двоє відвідувачів зі сльозами, що текли по очах.

"Я також люблю нові дружні стосунки. Знову бути поруч зі своїм господарем приносить мені особливе задоволення від тих невимовних. Тільки люди, які вміють це розуміти, - це ми двоє. Хіба це не правильно, партнере? (Ренато)

"Ти ніколи не змінишся, Ренато! Ваші слова безцінні.

При всьому моєму божевіллі, знайти його було однією з хороших речей моєї долі. Мій друг і мій брат. (Екстрасенс).

Вони вийшли природним чином заради справжнього почуття, яке живило його.

«Ми підібрані в тій же мірі. Саме тому наша історія вдалася », - розповів молодий чоловік.

«Добре бути частиною цієї історії. Я навіть не знав, наскільки особлива гора в своїй траєкторії, дорогий письменник », - сказав Амелінья.

"Він справді гідний захоплення, сестро. Крім того, ваші друзі дуже доброзичливі. Ми живемо справжньою фантастикою, і це найпрекрасніше, що існує. (Белінья)

«Ми дякуємо вам за комплімент. Тим не менш, вони повинні втомитися від зусиль, що застосовуються при скелелазінні. Як щодо того, щоб ми поїхали додому? Нам завжди є що запропонувати. (Мадам)

«Ми скористалися шансом наздогнати розмови. Я дуже сумую за тобою», - зізнався Ренато.

"Зі мною все гаразд. Це чудово, як для дам, що вони мені скажуть?

"Мені сподобається! " – стверджував Белінья.

« Так, ходімо, — погодилася Амелінья.

"Отже, поїхали! " Майстер зробив висновок.

Квінтет починає ходити в порядку, заданому тією фантастичною фігурою. Прямо зараз холод продуває втомлені скелети класу. Ким була ця жінка, хто вона, яка мала сили? Незважаючи на стільки моментів разом, таємниця залишалася замкненою, як двері до семи ключів. Вони ніколи б не дізналися, тому що це була частина гірської таємниці. Одночасно їхні серця залишилися в тумані. Вони були виснажені тим, що жертвували любов'ю і більше не отримували, не прощали і не розчаровували. Як би там не було, або вони звикли до реалій життя, або сильно б постраждали. Тому їм потрібна була порада.

Крок за кроком ви збираєтеся долати перешкоди. У мить вони чують тривожний крик. Одним поглядом начальник їх заспокоює. Таким було відчуття ієрархії, тоді як найсильніші та досвідченіші захищені, слуги поверталися з відданістю, поклонінням та дружбою. Це була вулиця з двостороннім рухом.

На жаль, вони впораються з прогулянкою чудово і м'яко. Яка ідея пройшла через голову Белінья? Вони були посеред куща, розбиті противними тваринами, які могли їх поранити. Крім того, на ногах були колючки та загострене каміння. Оскільки кожна ситуація має свою точку зору, перебування там було єдиним шансом, що ви могли зрозуміти себе і свої бажання, щось дефіцитне в житті відвідувачів. Незабаром це було варте пригод.

Далі на півдорозі вони зроблять зупинку. Тут же поруч був фруктовий сад. Вони прямують до неба. Натякаючи на біблійну казку, вони відчували себе надзвичайно вільними та інтегрованими в природу. Як діти, вони грають лазити по деревах, беруть плоди, спускаються вниз і їдять їх. Потім вони метикують. Вони дізналися, як тільки життя твориться моментами. Незалежно від того, сумні вони чи щасливі, добре насолоджуватися ними, поки ми живі.

Згодом вони приймають освіжаючу ванну в прикріпленому озері. Цей факт викликає хороші спогади про колись, про найчудовіші переживання в їхньому житті. Як приємно було бути дитиною! Як важко було дорослішати і стикатися з дорослим життям. Живіть з фальшивкою, брехнею і фальшивою мораллю людей.

Рухаючись далі, вони наближаються до долі. Внизу праворуч по стежці вже можна побачити просту лопату. Це було святилище найпрекрасніших, найзагадковіших людей на горі. Вони були дивовижними, що доводить, що цінність людини не в тому, чим вона володіє. Благородство душі полягає в характері, у ставленні благодійних організацій і консультування. Саме тому кажуть наступну приказку, краще друг на площі вартий, ніж гроші, покладені в банк.

На кілька кроків вперед вони зупиняються перед входом в салон. Чи отримали вони відповіді на свої внутрішні запити? Тільки час міг відповісти на це та інші питання. Важливим у цьому було те, що вони були там для всього, що приходить і йде.

Взявши на себе роль господині, опікун відкриває двері, даючи всім іншим доступ всередину будинку. Вони входять в унікальну марнославну кабінку, спостерігаючи за всім у великому пристрої. Вони вражають витонченістю місця, представленого орнаментом, предметами, меблями та атмосферою таємниці. Навпаки, в тому місці було більше багатства і культурного розмаїття, ніж у багатьох палацах. Отже, ми можемо відчувати себе щасливими і повноцінними навіть у скромному середовищі.

По черзі ви будете селитися в доступних місцях, крім кухні Ренато, готувати обід. Порушується початковий клімат сором'язливості.

"Я хотів би знати вас ближче, дівчата. (Опікун)

«Ми дві дівчини з міста Арковерде. Обидва влаштувалися в професії, але програли в любові. З тих пір, як мене зрадив мій старий партнер, я був розчарований, зізналася Белінья.

«Саме тоді ми вирішили повернутися до чоловіків. Ми уклали пакт, щоб заманити їх і використовувати як об'єкт. Ми більше ніколи не страждатимемо. (Амелінья)

"Я підтримаю їх усіх. Я зустрів їх у натовпі, і тепер вони прийшли до нас сюди в гості, і це змусило паросток інтер'єру.

"Цікаво. Це природна реакція на страждаючі розчарування. Однак це не найкращий спосіб, якого слід дотримуватися. Судити про цілий вид по відношенню людини - явна помилка. У кожного своя індивідуальність. Це ваше священне і безсоромне обличчя може викликати більше конфліктів і задоволення. Вам належить знайти правильний момент цієї історії. Що я можу зробити, так це підтримати, як це зробив ваш друг, і стати аксесуаром до цієї історії, проаналізованої священним духом гори.

"Я дозволю. Я хочу знайти себе в цій святині. (Амелінья)

"Я також приймаю вашу дружбу. Хто знав, що я буду у фантастичній мильній опері? Міф про печеру і гору здаються такими зараз. Чи можна загадати бажання?(Белінья)

"Звичайно, шановні.

"Гірські сутності можуть почути прохання скромних мрійників, як це сталося зі мною. Майте віру! Мотивував сина Божого.

"Мені так не вірять. Але якщо ви так скажете, я спробую. Я прошу успішного завершення для всіх нас. Нехай кожен з вас забудеться в основних сферах життя. (Белінья)

"Дарую! " Грім глибоким голосом посеред кімнати».

Обидві повії зробили стрибок на землю. Тим часом інші сміялися і плакали від реакції обох. Цей факт був скоріше доленосним вчинком. Який сюрприз! Не було нікого, хто міг би передбачити, що відбувається на вершині гори. Оскільки відомий індіанець помер на місці події, відчуття реальності залишило місце для надприродного, таємничого і незвичайного.

"Якого біса був цей грім? Поки що мене трясе. (Амелінья)

"Я чув, що сказав голос. Вона підтвердила моє бажання. Я мрію? (Белінья)

«Чудеса трапляються! З часом ви точно будете знати, що означає сказати це . «сказав майстер».

«Я вірю в гору, і ви повинні вірити теж. Завдяки її диву я залишаюся тут переконаним і в безпеці своїх рішень. Якщо ми зазнаємо невдачі один раз, ми можемо почати спочатку. Для живих завжди є надія. «Запевнив шаман екстрасенса, показуючи сигнал на даху».

"Світло. Що це значить? в сльозах, Белінья.

"Вона така красива, яскрава і розмовна. (Амелінья)

"Це світло нашої вічної дружби. Хоча вона зникне фізично, вона залишиться недоторканою в наших серцях. (Опікун)

"Ми всі легкі, хоча і в видатному сенсі. Наша доля - щастя, - підтверджує екстрасенс.

Ось тут на допомогу приходить Ренато і робить пропозицію.

"Настав час вийти і знайти друзів. Настав час веселощів.

«Я з нетерпінням чекаю цього. (Белінья)

"Чого ми чекаємо? Настав час. (Амелінья)

Квартет виходить у ліс. Темп кроків швидкий, що розкриває внутрішню муку персонажів. Сільське середовище Мімозо сприяло видовищу природи. З якими труднощами ви б зіткнулися? Чи будуть люті тварини небезпечними? Гірські міфи могли напасти в будь-який момент, що було досить небезпечно. Але сміливість була якістю, яку носили всі там. Ніщо не зупинить їхнє щастя.

Час настав. У команді активів був чорношкірий чоловік Ренато та білявий чоловік. У пасивній команді були Божественний, Белінья і Амелінья. Сформована команда; Веселощі починаються серед сірої зелені з сільських лісів.

Чорний хлопець зустрічається з Божественним. Ренато зустрічається з Амелінья, а блондинка зустрічається з Белінья. Груповий секс починається з обміну енергією між шісткою. Всі вони були за всіх, за одного. Жага сексу і задоволення була спільною для всіх. Змінюючи позиції, кожен відчуває неповторні відчуття. Вони пробують анальний секс, вагінальний секс, оральний секс, груповий секс серед інших сексуальних методів. Це доводить, що любов не є гріхом. Це торгівля фундаментальною енергією для еволюції людини. Без почуття провини вони швидко обмінюються партнером, що забезпечує множинні оргазми. Це суміш екстазу, яка включає групу. Вони годинами займаються сексом, поки не втомляться.

Після того як все буде виконано, вони повертаються в початкові положення. На горі було ще багато чого відкрити.

Кінець